Le Cercle des poneys

Éclair est malade

Le Cercle des poneys

Éclair est malade

Jeanne Betancourt
Illustrations de Paul Bachem

Texte français de Jocelyne Henri

Les éditions Scholastic

Données de catalogage avant publication (Canada)

Betancourt, Jeanne
Éclair est malade

(Le cercle des poneys)
Traduction de: A pony in trouble.
ISBN 0-590-16039-7

I. Betancourt, Jeanne. Le cercle des poneys.
II. Titre. III. Collection.

PZ23.B48Ec 1996 j813'.54 C96-930875-2

Pour toute information concernant les droits, s'adresser à
Scholastic Inc., 555 Broadway, New York, NY 10012.

Édition publiée par Les éditions Scholastic, 123, Newkirk Road,
Richmond Hill (Ontario) L4C 3G5.

5 4 3 2 1   Imprimé aux États-Unis   6 7 8 9/9

Pour Ryan

*L'auteure remercie le Dr Kent Kay pour son
expertise médicale.*

*Des remerciements vont aussi à Elvia Gignoux
et à Helen Perelman pour leurs commentaires
judicieux.*

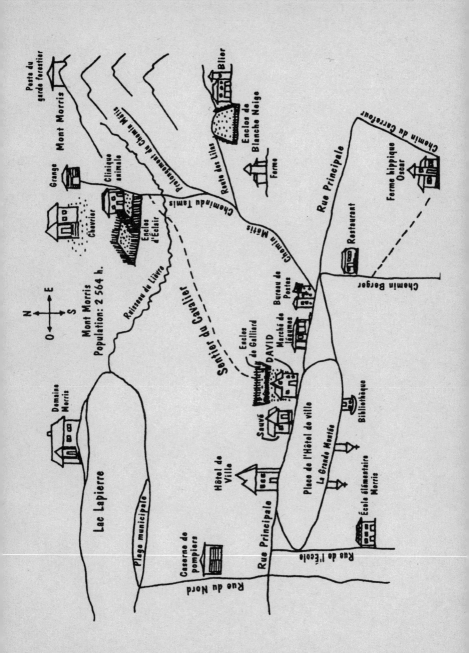

Une belle matinée

Sarah Chevrier se réveille en entendant japper son chien. Karl, le chien de la maison, dort dans la cuisine. Dès qu'on le laisse sortir dans la cour, tôt le matin, il aboie et sert ainsi de réveille-matin à Sarah.

Sarah sort du lit et regarde l'enclos par la fenêtre. Éclair, son poney marron, est sous le gros érable à sucre. C'est là qu'il passe toutes ses nuits. Éclair regarde le chien qui court d'un bout à l'autre de l'enclos. Il hennit comme pour lui dire «Bonjour, Karl. Pourquoi tout ce tapage?»

Sarah s'habille et mange un bol de céréales avant de sortir pour nourrir Éclair. Quand il

1

aperçoit Sarah, le poney galope dans sa direction. À peine a-t-elle ouvert la barrière de l'enclos que le poney est là pour l'accueillir d'un coup de museau sur l'épaule. Sarah répond à son accueil en lui caressant le cou.

— Vive les vacances de Pâques, dit-elle à Éclair. On pourra rester ensemble toute la journée.

Sarah lui donne de l'eau fraîche, de l'avoine et du foin.

— Mange, dit-elle à son poney. Nous irons faire une longue promenade aujourd'hui.

Sarah quitte Éclair et se dirige vers l'écurie pour faire sa corvée matinale. L'hiver est enfin terminé et une semaine complète de vacances s'amorce. Elle sait que ses meilleures amies, Anne David et Lili Sauvé, sont en train de faire leurs corvées, elles aussi. Dès qu'elles auront terminé, elles viendront la rejoindre sur leurs poneys respectifs, Gaillard et Blanche Neige. Elles emprunteront le sentier boisé de deux kilomètres, qui relie la maison de Sarah à celle d'Anne. Les trois amies l'appellent le Sentier du Cavalier.

Sarah s'apprête à quitter l'écurie lorsqu'elle remarque une affiche sur la porte du bureau de sa mère. Elle s'approche pour mieux voir. CONCOURS HIPPIQUE DE MONT MORRIS, lit-elle sur l'affiche.

Elle est en train de lire quand une main se pose tout à coup sur son épaule. Elle sursaute. Sa mère se tient à côté d'elle.

— Désolée de t'avoir fait peur, chérie, dit madame Chevrier. Je pensais que tu m'avais entendue entrer. L'affiche du concours hippique est réussie, tu ne trouves pas?

— Superbe, dit Sarah.

— C'est vraiment dommage que tu n'inscrives pas Éclair dans les concours hippiques, dit madame Chevrier. Je l'avais spécialement choisi parce que je savais qu'il pouvait remporter des concours.

Sarah se rappelle le jour où, deux ans plus tôt, ses parents l'ont amenée à la ferme Demers pour se choisir un poney Connemara. Elle avait déjà essayé deux poneys lorsque monsieur Demers lui avait amené Éclair. Après quelques tours de piste, Sarah avait su qu'Éclair était parfaitement entraîné.

Sarah avait ensuite examiné la tête d'Éclair. C'est à ce moment qu'elle avait remarqué que la marque blanche sur le front du poney avait la forme d'un coeur renversé. Elle avait aussi remarqué le regard vif et doux de ses yeux sombres.

Éclair semblait dire à Sarah «Allez, amène-moi à la maison. Tu sais qu'on est fait pour être ensemble.»

Instantanément, Sarah avait su qu'ils étaient faits l'un pour l'autre.

Sarah se tourne vers sa mère.

— Tu n'as pas choisi Éclair, maman. C'est moi qui l'ai choisi.

— C'est vrai. Mais je m'étais assurée qu'on nous présenterait uniquement des poneys qui avaient des chances de réussir dans les concours. Je souhaite que tu permettes à Éclair de montrer ce qu'il peut faire.

La compétition dans les concours hippiques est un sujet de désaccord entre Sarah et sa mère.

Madame Chevrier pense beaucoup de bien des concours hippiques. Elle est professeur d'équitation et travaille très fort à préparer les enfants pour les compétitions. Sarah pense que sa mère est déçue parce qu'elle refuse d'y participer. Mais elle ne peut pas faire autrement. Elle déteste les concours hippiques.

— Je n'ai pas choisi Éclair parce qu'il pouvait gagner des tas de rubans, dit Sarah.

— Participer aux concours hippiques signifie beaucoup plus que de gagner des rubans.

— Je n'aime pas ça, c'est tout.

— Je parie que tes amies voudront participer, dit la mère de Sarah. Blanche Neige est très habile dans les sauts. Et je pense qu'Anne sera enchantée puisque le concours aura lieu à la ferme hippique Oscar. C'est là qu'elle a acheté Gaillard.

Sarah ne dit pas à sa mère qu'elle n'a pas mis ses amies au courant du concours hippique.

— Aucune d'entre nous n'aimons les concours hippiques, lui dit-elle plutôt. Nous projetons de faire des randonnées toute la semaine.

Au même instant, Sarah entend le bruit de sabots. Par la porte ouverte de l'écurie, elle aperçoit Anne et Lili qui galopent dans sa direction.

— Viens vite! crie Anne. Éclair ne va pas bien.

Sarah court devant sa mère et ses amies jusqu'à l'enclos. Elle aperçoit Éclair qui piaffe et qui rue dans un coin retiré. Elle traverse l'enclos comme une flèche.

Elle sait qu'il se passe quelque chose d'anormal.

La maladie mystérieuse

— Qu'est-ce qui se passe, Éclair? demande Sarah.

Durant une fraction de seconde, Éclair lève la tête et regarde Sarah. Sarah lit la douleur et la peur dans les yeux de son poney. On dirait qu'il lui dit : «À l'aide!» L'instant d'après, Éclair baisse à nouveau la tête et se remet à se donner des coups de sabots dans le ventre.

Le père de Sarah est vétérinaire et soigne les gros animaux. Sarah a donc l'habitude de voir des chevaux malades. Aujourd'hui, pour la première fois, c'est son poney à elle qui est en difficulté.

Lili et Anne s'avancent à côté de Sarah.

— Que se passe-t-il? demande Lili.

— Je pense qu'il a mal au ventre, répond Sarah.

— Ta mère est allée chercher ton père, dit Anne.

— Papa va arriver dans une minute, dit Sarah à son poney. Il saura quoi faire pour t'aider.

Sarah se concentre sur ce qu'ils auront à faire ensuite.

— Nous aurons besoin d'un licou et de rênes, dit-elle à Lili.

— Compris, dit Lili.

Elle fait faire demi-tour à Blanche Neige et retourne à l'écurie au galop.

— Il vaut mieux mettre Gaillard dans l'autre enclos, dit Sarah à Anne. Et Blanche Neige aussi, quand Lili reviendra.

Sarah est soulagée de voir son père et sa mère traverser l'enclos au pas de course.

Quelques minutes plus tard, le père de Sarah confirme le diagnostic de sa fille.

— Éclair a des coliques.

Sarah sait que cela signifie qu'il a une mauvaise digestion et des problèmes intestinaux. Elle sait aussi que les chevaux peuvent mourir à cause des coliques.

— Les poneys ne vomissent presque jamais à cause de la forme de leur estomac, explique Sarah à Lili.

— Je sais, dit Lili, tristement.

Sarah se rappelle le pique-nique au cours duquel elle avait eu un empoisonnement alimentaire dû à la mayonnaise. Elle n'avait jamais eu si mal à l'estomac auparavant. Toute la journée, elle avait souffert de crampes terribles. Elle n'arrêtait pas de vomir. Que se serait-il passé si elle avait été incapable de rejeter ce qui la rendait malade?

— Nous lui donnons régulièrement des vermifuges, dit le Dr Chevrier. Je ne pense donc pas qu'il s'agisse d'un parasite.

Il donne deux injections à Éclair. Une pour calmer la douleur et l'autre pour aider la digestion.

— Qu'a-t-il mangé? demande madame Chevrier.

— De l'avoine et du foin, répond Sarah.

— Quelle quantité? demande son père.

— Une poignée d'avoine, répond Sarah, en mettant ses mains en coupe. Et deux bottes de foin. Comme d'habitude.

— Le problème n'est donc pas là. Je fais mieux de vérifier le foin pour m'assurer qu'il n'est pas moisi, dit-il.

Sarah se sent désemparée. A-t-elle rendu son poney malade?

— Faisons-le marcher un peu, dit le Dr Chevrier.

Pendant que son père tient la tête d'Éclair, Sarah lui glisse rapidement le licou.

— Nous allons t'aider. Sois brave, ajoute-t-elle, plus pour elle-même que pour son poney.

— Maintenant, faites-le marcher, dit le Dr Chevrier.

Sarah fixe les rênes au licou. Lili et Anne se tiennent de chaque côté de Sarah. Éclair peut maintenant voir les trois amies.

— Allez, Éclair, dit doucement Anne. Viens avec nous.

— Tu peux y arriver, insiste Lili. Nous sommes là pour t'aider à guérir.

— Fais-moi confiance, dit Sarah à son poney. Je ne te demanderais jamais de faire quelque chose qui serait mauvais pour toi.

Elle tire sur les rênes. Éclair avance de quelques pas. Sarah et Lili continuent de l'encourager et le poney continue d'avancer.

Le Dr Chevrier surveille Éclair pendant quelques minutes.

— Vous vous en tirer très bien toutes les trois, dit-il. Continuez de le faire marcher. Nous verrons comment il ira quand le calmant se sera dissipé.

Le Dr Chevrier retourne à la clinique. Madame Chevrier et Anne se dirigent vers l'écurie pour vérifier si le foin est moisi. Sarah et Lili restent seules pour faire marcher Éclair.

— Merci de ton aide, Lili, dit Sarah.

Sarah se trouve très chanceuse d'avoir deux amies formidables comme Anne et Lili.

Des trois amies du Cercle des poneys, Anne est la plus artistique. Elle adore dessiner et peindre, surtout des scènes de chevaux. Anne est dyslexique, c'est-à-dire qu'il lui est difficile de lire et d'écrire. Mais ça ne signifie pas qu'elle soit sotte. Sarah et Anne sont de bonnes amies depuis le jour où elles se sont rencontrées à la maternelle. La mère d'Anne est propriétaire de l'unique restaurant de Mont Morris — le restaurant Berger — et son père est menuisier. C'est lui qui a construit l'écurie des Chevrier.

Le père de Lili venait passer ses étés à Mont Morris lorsqu'il était enfant. Aujourd'hui, sa mère — la grand-mère de Lili — vit en permanence à Mont Morris. Pendant que son père travaille dans la jungle amazonienne, Lili vit avec sa grand-mère, à côté de chez Anne. Comble de la chance, Gaillard et Blanche Neige partagent un enclos derrière la maison d'Anne.

Sarah est triste chaque fois qu'elle pense à la mère de Lili, morte lorsque Lili était petite. Mais Sarah sait que Lili est très proche de son père. Tous les deux, ils aiment la vie au grand air et l'aventure. Le père de Lili est naturaliste. Il écrit sur les animaux. Son travail l'oblige à

14

voyager et il amène souvent Lili avec lui. Lili et son père ont vécu en Angleterre durant deux ans. Leur maison se trouvait près d'une ferme équestre. C'est là que Lili a pris des leçons d'équitation. Elle en connaît presque autant que Sarah sur les chevaux.

— Sarah, dit Lili, regarde ce que font Blanche Neige et Gaillard.

Sarah lève la tête et aperçoit les deux poneys qui marchent le long de la clôture qui les sépare d'Éclair. Ils veulent rester le plus près possible de leur ami.

— Ils sont inquiets et veulent lui tenir compagnie, dit Lili.

Au même moment, Anne arrive en courant.

— Le foin n'est pas moisi, leur dit-elle. Ce n'est donc pas ce qui a rendu Éclair malade.

— Je voudrais bien connaître la cause de sa maladie, dit Sarah. Ainsi, je pourrais peut-être empêcher que ça se reproduise.

— Ton père dit qu'il arrive que les chevaux soient malades sans qu'on sache vraiment pourquoi. Je crois qu'il va s'en tirer, dit-elle, en donnant une tape affectueuse à Éclair.

— Je le pense aussi, dit Anne, en donnant un baiser sur la joue d'Éclair.

Sarah ne peut toutefois pas s'empêcher de penser «Et si Éclair ne guérissait pas?»

Le choix d'une couleur

Une heure plus tard, le père de Sarah revient voir Éclair.

— Il va guérir, dit-il aux filles.

Les amies du Cercle des poneys échangent des sourires de soulagement.

— Laissez-le se reposer toute la journée. Et donnez-lui de la pâtée chaude pour souper, dit-il, avant de partir.

— Allez faire votre randonnée sans moi et Éclair. C'est une journée splendide, dit Sarah, en regardant le beau ciel bleu.

— Non, nous resterons ici aujourd'hui, dit Anne.

— Et nous pique-niquerons avec toi, ajoute Lili.

— J'ai apporté des morceaux de gâteau au chocolat et aux noix pour chacune de nous, leur dit Anne.

Sarah salive rien qu'à penser au goût délicieux des célèbres gâteaux au chocolat et aux noix du restaurant Berger. Elle est redevenue elle-même maintenant qu'elle sait que son poney va guérir. Et elle est contente que ses amies restent avec elle.

— Faisons une séance de brossage à Éclair, suggère Anne. Pour l'aider à se détendre.

Lili et Anne guident Éclair jusqu'à l'écurie pendant que Sarah court devant pour aller chercher la trousse de toilettage. Quelques minutes plus tard, le poney soupire de contentement en se laissant brosser et câliner.

— J'ignorais qu'il y aurait un concours hippique à la ferme Oscar, dit Lili.

— Un concours hippique? demande Anne, avec excitation.

— J'ai vu l'affiche sur la porte du bureau de madame Chevrier, quand je suis allée chercher le harnais, dit Lili.

Anne dépose l'étrille.

— Viens me la montrer.

Sarah est étonnée de l'intérêt manifesté par Anne.

— Tu viens, Sarah? demande Lili, quand elle et Anne s'apprêtent à rentrer dans l'écurie.

— Je l'ai déjà vue.

Par la porte ouverte de l'écurie, Sarah entend Anne et Lili qui lisent l'affiche et discutent du concours.

— Il y a une catégorie Bout de chou, dit Anne. C'est parfait pour moi et Gaillard.

— Et une catégorie Chasseur poney avec sauts, dit Lili. C'est exactement le genre de compétition dans laquelle Mimi veut que Blanche Neige participe.

Tout en laissant courir ses doigts dans la crinière d'Éclair, Sarah se rappelle que Blanche Neige n'est pas réellement le poney de Lili. En fait, Lili prend soin du beau poney blanc jusqu'à ce que sa vraie propriétaire, Dominique «Mimi» Blier, revienne du pensionnat, au mois de juin. Lili doit fournir à Mimi des rapports mensuels écrits et détaillés sur Blanche Neige.

Au même moment, Anne et Lili sortent de l'écurie.

— Les concours hippiques sont stupides, vous ne trouvez pas? Qui voudrait parader devant une foule plutôt que de faire des randonnées?

— Ce qui est bien dans ce concours, c'est qu'il a lieu à la ferme Oscar, dit Anne. Nous pouvons nous y rendre sur nos poneys. Nous n'avons pas à emprunter une remorque à chevaux.

— Blanche Neige saute bien, dit Lili. Nous allons peut-être gagner des rubans. Mimi adorerait ça.

— C'est bien le genre de Mimi de compter chaque ruban qu'elle gagne, dit Anne.

Sarah met les bras autour du cou d'Éclair et lui fait une caresse.

— Je ne demanderais pas à Éclair de participer à un concours uniquement pour gagner un prix.

— J'ai participé à des concours en

Angleterre, dit Lili. J'ai eu beaucoup de plaisir, que je gagne ou non des rubans. Ils ne sont pas aussi amusants au Canada?

— Je pense que oui, répond Anne. J'ai pris part à des concours quand je suivais des leçons avec la mère de Sarah. Mais je n'ai jamais été en compétition avec Gaillard. Ne crois-tu pas que Gaillard aurait du plaisir dans un concours hippique? ajoute-t-elle, en se tournant vers Sarah.

— Gaillard pense que les randonnées sont très amusantes. Comme nous, répond Sarah.

— Mais ce serait certainement amusant si nous participions toutes les trois, dit Anne. Nous pourrions utiliser la même couleur pour décorer nos poneys.

— Ce serait la couleur du Cercle des poneys, dit Lili.

Anne met son bras autour de l'épaule de Sarah.

— S'il te plaît, dis oui.

— Tu peux bien t'inscrire au concours avec Lili, dit Sarah. Mais ne compte pas sur moi.

— Sarah, ce ne sera pas la même chose si nous n'y sommes pas toutes les trois, dit Lili.

— Tu vas peut-être changer d'avis, dit Anne.

— Pas question, insiste Sarah.

Dans la minute qui suit, personne ne dit un mot. C'est la première fois qu'un projet les divise. Sarah sait que c'est de sa faute. Mais elle n'y peut rien.

— C'est l'heure du pique-nique, dit Lili, pour briser le silence.

Elles étendent une vieille couverture de cheval près de l'enclos. Tout en mangeant leurs sandwiches, elles parlent de l'inquiétude ressentie pour le poney malade et du plaisir qu'elles éprouvent à faire des randonnées. Personne ne souffle mot du concours hippique avant le gâteau au chocolat et aux noix.

— Je pense que ce sera épatant que le Cercle des poneys ait sa couleur pour le concours, dit Anne. On pourra même décorer nos cravaches de la même couleur.

— Et se procurer du fil pour tresser la crinière de nos poneys, ajoute Lili.

Elle regarde Anne, puis Sarah.

— Quelle couleur devrait-on choisir?

Anne pointe le ciel du doigt.

— Que diriez-vous de cette teinte de bleu? demande-t-elle.

Lili et Sarah lèvent la tête.

— Cette couleur s'appelle le bleu pervenche, explique Anne.

— C'est parfait, dit Lili. Qu'en penses-tu, Sarah?

— C'est une jolie couleur, dit Sarah.

— Crois-tu qu'on devrait en faire la couleur du Cercle des poneys? demande Anne.

— Bien sûr. Pourquoi pas? dit Sarah. Mais je n'ai toujours pas l'intention de participer au concours. Alors, ne me le demandez plus, compris?

— Je ne te demandais pas de participer au concours, explique Anne, mais seulement si tu étais d'accord avec la couleur.

— Oui, je suis d'accord avec la couleur, dit Sarah.

Elle déteste que ses amies tentent de la

persuader de participer au concours hippique. «Elles se comportent exactement comme ma mère», se dit-elle.

— Viens, Lili, allons demander à madame Chevrier le programme et la liste de prix, dit Anne.

Après leur départ, Sarah décide qu'il est temps pour Éclair de rejoindre les deux poneys dans l'autre enclos. Éclair hennit joyeusement quand il se rend compte que Gaillard et Blanche Neige lui tiendront compagnie.

— Tu n'aimais pas être séparé de tes amis, n'est-ce pas? dit-elle à son poney.

Elle appuie la tête contre le cou d'Éclair et pousse un soupir.

— Je commence à comprendre ce que tu ressens.

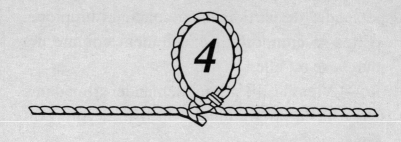

Pas encore!

Tôt, le lendemain matin, Sarah se réveille en entendant son réveille-matin japper. Elle sourit lorsqu'elle entend le hennissement joyeux d'Éclair.

Quand Sarah arrive à l'enclos, Éclair trotte vers elle et lui donne un coup de museau sur l'épaule, comme d'habitude. C'est un bon signe. Après avoir bu de l'eau, Éclair mange son déjeuner jusqu'à la dernière miette. Un autre bon signe.

Avant d'aller déjeuner, Sarah téléphone à Lili pour lui apprendre la bonne nouvelle.

— Éclair va mieux. Papa dit que je peux partir en randonnée avec lui aujourd'hui.

— Super, dit Lili. Ce matin, Anne et moi devons nous entraîner avec ta mère en prévision du concours hippique. Tout de suite après, nous irons en randonnée.

Après sa conversation avec Lili, Sarah se demande ce qu'elle fera pendant que ses amies s'entraîneront avec sa mère et ses élèves. Va-t-elle passer toutes les vacances de Pâques à les attendre?

Un peu plus tard, pendant que Sarah prépare un pique-nique pour la randonnée, elle entend un hennissement effrayé. Tout d'abord, elle pense qu'il s'agit d'un cheval blessé qui arrive à la clinique de son père pour se faire opérer. Mais, au second hennissement, elle est certaine qu'il provient de l'enclos d'Éclair. Sarah sort en courant par la porte de la cuisine. Au milieu du champ, elle aperçoit son poney qui se roule de douleur.

Alerté, le père de Sarah donne deux injections à Éclair, comme il l'a fait hier. Mais, cette fois, il faut plus de temps pour arriver à faire marcher le poney.

— Il est encore plus malade qu'il ne l'était hier, dit Sarah.

— C'est la deuxième fois que ça se produit, dit son père. Je n'aime pas ça.

— Qu'est-ce qui le rend malade, papa?

— On dirait qu'il a trop mangé. Cependant, il n'y a pas assez d'herbe ici pour ça, dit-il, en jetant un regard autour de l'enclos.

Une automobile se gare devant la clinique animale.

— Je dois retourner à la clinique, dit le père de Sarah. Viens me chercher s'il y a urgence.

Tout en faisant marcher son poney dans l'enclos, Sarah se sent seule et découragée. Puis, elle aperçoit Anne et Lili qui arrivent par le Sentier du Cavalier.

Quand ses amies la rejoignent, Sarah leur dit ce qui s'est produit.

— Allez vous entraîner avec maman, dit-elle. Il n'y a rien que vous puissiez faire pour aider.

— Je ne peux pas m'entraîner à sauter quand Éclair est malade et que nous ignorons pourquoi, dit Lili.

— Il doit bien y avoir quelque chose à faire, dit Anne. Réfléchissons.

Sarah donne un coup de pied par terre.

— J'ai déjà tout passé en revue avec mon père, dit-elle.

Sarah s'apprête à donner un autre coup de pied, mais elle arrête son geste en vol. Elle vient de remarquer de nouvelles pousses à ses pieds.

— Et les plantes vénéneuses?

— Où? demande Anne.

— Celles qui poussent peut-être dans l'enclos, répond Sarah. Des plantes nouvelles que nous n'avons pas encore remarquées. Restez avec Éclair. Je reviens tout de suite.

Sarah court jusqu'au bureau de sa mère, qui a une bibliothèque complète de livres sur les chevaux. Il lui faut très peu de temps pour trouver exactement ce qu'elle cherche.

Elle revient dans l'enclos et montre à Anne et Lili deux pages remplies d'illustrations de plantes vénéneuses.

— Nous allons passer l'enclos à la loupe, centimètre par centimètre, leur dit-elle. Si nous trouvons une plante qui ressemble à une de celles-ci, nous l'arracherons.

En se traînant à quatre pattes, les filles se mettent à examiner l'enclos.

Une demi-heure plus tard, leur recherche prend fin sans qu'elles aient trouvé une seule plante vénéneuse. Elles s'assoient par terre et s'adossent à la clôture de l'enclos pour se reposer. Sarah remarque qu'Éclair se trouve à son endroit préféré, sous l'érable à sucre. Il a l'air abattu.

— Éclair ne se ressemble plus, dit-elle.

— Être malade deux jours de suite l'a rendu faible, dit le Dr Chevrier.

Les filles relèvent la tête et aperçoivent le père de Sarah, de l'autre côté de la clôture.

— Que peut-on faire pour lui? demande Sarah.

— S'il ne va pas mieux demain, je lui ferai d'autres analyses, dit-il. Gardez un oeil sur lui. C'est tout ce que vous pouvez faire pour l'instant.

Après son départ, Lili se tourne vers Sarah et Anne.

— Ce que vient de dire ton père me rappelle une phrase que mon père dit souvent.

— Laquelle? demande Sarah.

— «Si tu veux savoir comment vit un animal, il faut que tu le surveilles vingt-quatre heures par jour.» Une fois, mon père et un collègue ont suivi un groupe de gorilles dans le but d'écrire un article pour un magazine. La nuit, ils dormaient à tour de rôle pour ne jamais laisser les gorilles sans surveillance.

— Même quand les gorilles dormaient? demande Anne.

— Oui, dit Lili.

— Veux-tu dire qu'on devrait surveiller Éclair sans arrêt, durant vingt-quatre heures? demande Sarah.

— Oui, répète Lili.

— C'est une excellente idée, Lili, dit Sarah. De cette manière, je saurai s'il fait quelque chose qui puisse le rendre malade.

— Et la nuit? demande Anne. Sarah ne peut

tout de même pas rester éveillée toute la nuit.

— Si nous couchions toutes les trois dans l'écurie, dit Lili, nous pourrions le veiller à tour de rôle.

Sarah est contente que ses amies fassent autant d'efforts pour aider Éclair. Elle est contente aussi qu'elles restent à coucher.

Malgré tout, Sarah est triste. Et si le Cercle des poneys n'arrivait pas à trouver ce qui rend le poney malade? Et si Éclair tombait encore malade demain? Ou pire?

Le guet

Ce soir-là, les amies pique-niquent sur une grosse roche plate, au fond de l'enclos. De là, elles peuvent voir leurs poneys tout en surveillant Éclair.

— Jusqu'à présent, nous avons fait le guet durant huit heures, dit Sarah. Et il n'a rien fait qui puisse le rendre malade.

La roche est assez plate pour y déposer le damier. Les filles décident de jouer.

— Soyons sûres qu'une d'entre nous garde toujours un oeil sur Éclair, rappelle Sarah.

À vingt et une heures, le Dr Chevrier vient examiner Éclair. Il dit aux filles que le poney récupère très bien.

— Mais j'aimerais tout de même savoir ce qui a causé ses coliques, dit-il.

Il embrasse Sarah et lui souhaite bonne nuit.

— Dormez bien, dit-il, en s'adressant aux deux autres. Viens, Karl, c'est le temps de rentrer.

— Karl peut coucher avec nous ce soir, dit Sarah.

Le chien jappe avec excitation, comme s'il comprenait qu'il ne couchera pas tout seul dans la cuisine.

Quand le Dr Chevrier s'en va, les amies et Karl se rendent à l'écurie, dans le bureau de madame Chevrier. Elles ont choisi cet endroit comme poste d'observation à cause de la grande fenêtre qui fait face à l'enclos.

Sarah dépose une petite horloge et une feuille de papier sur le bureau.

— Voici l'horaire de la nuit, dit-elle.

TOURS DE GUET

2I h à minuit	Anne
Minuit à 3 h	Lili
3 h à 6 h	Sarah

— Est-ce que ça ne serait pas plus simple de mettre Éclair dans une stalle pour la nuit? demande Anne.

— Éclair ne couche habituellement pas dans l'écurie, dit Lili. Il ne faut pas changer ses habitudes. Nous le surveillons pour voir s'il fait quelque chose qui le rende malade.

— De plus, ajoute Sarah, Éclair aime coucher dehors.

Anne s'assoit sur le bureau et regarde par la fenêtre.

— Vous devriez aller dormir pendant que je fais le guet, dit-elle.

Sarah et Lili étendent les sacs de couchage par terre et s'y glissent.

Sarah observe Anne qui met ses écouteurs de baladeur. Parce qu'elle ne lit pas très bien, Anne écoute parfois l'enregistrement de livres sur cassettes. Durant le guet qui durera toute la nuit, les amies du Cercle des poneys écouteront à tour de rôle *La beauté noire*, le célèbre roman écrit par Anna Sewell. C'est le meilleur moyen de rester alertes.

En entendant la respiration de Lili, Sarah sait qu'elle dort. La même chose pour Karl, qui est couché en rond entre elles. Sarah a elle aussi envie de dormir. Elle se tourne et fait face au mur.

Grâce au clair de lune, Sarah peut distinguer tous les rubans qui sont accrochés au mur. Pour s'endormir, elle se met à les compter, un peu comme on compte les moutons. Un, deux, trois, quatre, cinq… Elle compte jusqu'à quarante-neuf avant que ses yeux ne se ferment. La première chose qu'elle réalise, Lili est en train de la réveiller.

Sarah sort de son sac de couchage, passe par-dessus le chien endormi et va prendre son poste.

— As-tu vu quelque chose? murmure Sarah.

— Éclair n'a pas cessé de dormir sous l'arbre, répond Lili, comme pendant le guet d'Anne.

Lili tend les écouteurs et le baladeur à Sarah.

— C'est une très belle histoire. Ça m'a fait pleurer, dit-elle.

Durant les deux heures et demie qui suivent, Sarah regarde fixement son poney tout en écoutant la triste et merveilleuse histoire du cheval. Chaque fois que les choses semblent vouloir s'améliorer pour *La beauté noire*, sa vie se transforme à nouveau en cauchemar.

Sarah observe le soleil se lever derrière son beau poney. Tout à coup, Éclair se réveille, traverse l'enclos au trot et disparaît à la vue de Sarah.

— Il se passe quelque chose! crie-t-elle, en enlevant ses écouteurs.

Elle sort de l'écurie en courant, Karl sur les talons. Derrière elle, Anne et Lili essaient tant bien que mal de sortir de leurs sacs de couchage.

Sarah distingue une forme humaine près de

la clôture de l'enclos. Éclair est là lui aussi. La forme tient un sac dans une main et donne à manger à Éclair de l'autre main.

— Arrêtez! crie Sarah, en courant vers eux.

Karl la devance et se met à japper furieusement.

Sarah peut maintenant voir qu'il s'agit d'une fille. La fille laisse tomber le sac et saute sur sa bicyclette. Sarah et Karl la poursuivent sur le Chemin du Tamis, mais la fille pédale tellement vite qu'elle réussit à s'enfuir. Elle disparaît dans le virage.

Anne et Lili arrivent au Chemin du Tamis.

— Quelqu'un a nourri Éclair, leur dit-elle, hors de souffle. Peut-être du poison.

Gaillard et Blanche Neige sont près de la clôture avec Éclair. Les trois poneys ont le museau sorti sous la clôture. Ils cherchent ce que la fille a laissé tomber. Sarah se précipite et donne un coup de pied sur le sac brun pour le mettre hors de leur portée.

Les amies font cercle autour du sac.

— Ne le touchez pas! prévient Lili. On

pourrait gâcher les empreintes digitales de la fille. C'est une preuve.

Avec un bâton, Anne soulève le coin du sac pour regarder à l'intérieur.

— Il n'y a que quelques pommes, dit Lili.

Au même instant, la mère et le père de Sarah se joignent à elles.

— Pourquoi tout ce vacarme? demande son père.

— Que se passe-t-il? demande sa mère.

— Nous savons pourquoi Éclair tombe malade, répond Sarah. Quelqu'un lui donne des pommes empoisonnées.

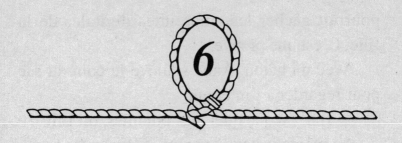

Le vélo de course

— Je devrais peut-être rester dehors au cas où elle reviendrait, dit Sarah, tandis que ses parents et ses amies entrent dans la cuisine.

— Elle ne reviendra pas de sitôt, dit Anne. Toi et Karl l'avez réellement effrayée.

Sarah tient le sac par un coin et fait tomber les pommes sur la table.

— Comment peut-on empoisonner une pomme? demande Lili.

— Te rappelles-tu l'histoire de Blanche Neige? demande Anne. Une bouchée de pomme l'a fait dormir durant un million d'années.

— Elles sentent comme des pommes normales, dit Sarah.

Le Dr Chevrier les observe, lui aussi. Il dit aux filles que les pommes, même si elles sont bien mûres, ont l'air inoffensives.

— À moins qu'Éclair en ait mangé trois ou quatre en plus de sa nourriture habituelle, dit-il.

— Si la fille lui a donné des pommes hier et avant-hier, demande Sarah, se peut-il que ce soit ça qui l'ait rendu malade?

— Sans aucun doute, répond le Dr Chevrier. Je pense que vous venez de résoudre le mystère qui entourait la maladie d'Éclair. Il mange trop.

— Félicitations, les filles, dit madame Chevrier. Vous avez probablement sauvé la vie d'Éclair.

Les amies ne sautent pas de joie et ne se félicitent pas comme elles en ont l'habitude. Elles gardent un air sérieux. Au lieu d'être fières et soulagées, elles se sentent effrayées. Effrayées à l'idée qu'Éclair ait pu frôler la mort de si près.

— Maintenant, nous devons nous assurer que cette fille n'approchera plus jamais Éclair, murmure Sarah.

Madame Chevrier lui tend une pile de bols de céréales pour le déjeuner.

— Durant la journée, Éclair sera avec vous, dit la mère de Sarah. Il est donc hors de danger pour l'instant. Et la nuit, il devrait peut-être rester dans l'écurie.

«Et que se passera-t-il lorsque je devrai retourner à l'école?» se demande Sarah. Il faut absolument qu'elle retrouve cette fille.

— Ce matin, occupons-nous de débarrasser nos poneys de leurs manteaux d'hiver, dit Lili. Cet après-midi, nous pourrons partir en randonnée.

— Bonne idée, Lili, dit Anne. Je vais même tailler la queue de Gaillard. Il sera magnifique pour le concours hippique.

— Et n'oubliez pas la leçon d'équitation à dix heures. Maintenant qu'Éclair va mieux, dit-elle à Sarah, tu te joindras peut-être à nous.

— Non, merci, dit Sarah.

Après le déjeuner, les amies vont nourrir leurs poneys dans l'enclos. Ensuite, elles nettoient le bureau de madame Chevrier et s'acquittent de la corvée matinale de Sarah. Finalement, elles sont prêtes pour la séance de toilettage.

Leurs poneys adorent ce rituel. Ce n'est donc pas un problème de les garder immobiles.

— Occupons-nous des trois en même temps, suggère Anne. Je me charge des crinières et des queues.

— Je m'occupe du ciseau, dit Sarah.

— Je te suivrai avec l'étrille, ajoute Lili.

— Puis nous finirons par le brossage, dit Anne.

Tout en pomponnant leurs poneys, les amies parlent de la fille mystérieuse. Elles sont d'accord qu'il faut qu'elles retrouvent la fille pour la sécurité d'Éclair. Sarah doit savoir avec certitude si elle a nourri son poney plus d'une fois.

— Je veux être absolument certaine que c'est bien parce qu'il mange trop qu'il tombe malade, dit Sarah.

— Et il faut lui dire de ne plus jamais recommencer, ajoute Lili. Avec Éclair ou n'importe quel autre poney.

— Comment allons-nous la retrouver? demande Anne.

— Nous devons nous rappeler le moindre détail à son sujet, répond Lili. Surtout toi, Sarah, car c'est toi qui l'as vue le mieux.

— Elle est grande, dit Sarah. Plus grande que nous. Elle est probablement plus vieille aussi. Environ de l'âge de la soeur d'Anne. Mais ce n'est pas une adulte. Et je pense avoir vu des cheveux roux sortir de son casque.

— Une rousse, dit Lili. Elle n'en sera que plus facile à retrouver.

— Et sa bicyclette est spéciale, se rappelle Sarah. Un vélo de course noir et coûteux.

— Un vélo de course noir, dit Anne. Je pense avoir vu quelque chose du genre dans les environs.

— Où? demande Sarah.

— Je ne sais pas, dit Anne. C'est une impression.

Les jumeaux de cinq ans, Paul et Pauline Chevrier, traversent l'enclos en courant et rejoignent les trois amies qui finissent le toilettage de Blanche Neige.

— Maman dit… crie Paul.

— Maman dit… répète Pauline.

— … que c'est l'heure de la leçon d'équitation, finit Paul, à bout de souffle.

— C'est vrai, dit Pauline.

— Nous n'avons pas terminé le toilettage d'Éclair, dit Anne.

— Allez-y, dit Sarah. Je vais le finir moi-même.

Tout en brossant Éclair, Sarah écoute les bruits qui lui parviennent de la piste extérieure où ses amies et les élèves de sa mère s'entraînent. Sarah se rappelle son premier et unique concours hippique. Tout le monde s'attendait à ce qu'elle se classe bien parce qu'elle était la fille du professeur et qu'elle montait depuis qu'elle était toute petite. Mais elle avait été la pire de tous les élèves de sa mère. Elle n'avait pas gagné de rubans. La compétition est toujours intimidante et éprouvante pour les nerfs. Comment peut-on penser que ce soit amusant?

Avec un chiffon, Sarah frotte la robe d'Éclair jusqu'à ce qu'elle brille. Il fait si bon de savoir qu'Éclair est guéri. Mais il ne restera en santé que si Sarah peut retrouver cette fille et lui dire d'arrêter de donner des pommes à son poney.

Sarah constate que la leçon se poursuit toujours sur la piste. Elle se demande donc pourquoi Lili et Anne se dirigent vers elle au petit galop.

Anne rejoint Sarah la première. Elle fait halte et se penche sur sa selle.

— Je me rappelle où j'ai vu ce vélo de course, dit-elle.

— Tu connais la fille mystérieuse? demande Sarah.

— Non, répond Anne. Mais je sais où la retrouver.

Stop!

Quelques minutes plus tard, les amies du Cercle des poneys sont sur le Sentier du Cavalier. Elles discutent de la stratégie à adopter pour attraper la fille.

— Je n'ai vu le vélo que quelques fois, dit Anne. Et c'était tôt le matin.

— À quelle heure? demande Sarah.

— Vers sept heures. Je l'ai vu par la fenêtre de ma chambre. Je l'ai remarqué parce qu'il était très tôt et qu'il filait très vite, comme dans une course.

— Les deux jours où tu as vu la fille correspondent-ils à ceux où Éclair était malade? demande Sarah.

— Oui, répond Anne.

— Elle est aussi venue chez nous ces jours-là, dit Sarah. Alors, pourquoi ne pas simplement l'attendre là?

— Je ne pense pas qu'elle revienne sur le Chemin du Tamis, dit Lili. Pas après l'accueil qu'elle a eu.

— Elle a probablement peur de Karl, ajoute Anne. Les gens à vélo n'aiment pas que les chiens leur courent après.

— On devrait l'attendre sur la rue Principale, demain matin, dit Lili.

Anne en tête, les trois amies quittent le Sentier du Cavalier et empruntent un chemin qui mène au Domaine Morris. Gaillard hennit joyeusement. L'allure des trois poneys devient plus énergique. Ils adorent se promener sur le Domaine Morris, à cause des sentiers boisés et des clairières.

— Arrivez tôt chez moi, demain matin, dit Anne. Nous attendrons la fille sur la rue Principale.

— Comment allons-nous la convaincre de s'arrêter? demande Lili.

— Elle file vraiment comme une flèche, dit Sarah.

— J'ai une idée, dit Anne. Nous ferons une grande pancarte. Nous attendrons sur le bord de la rue et tiendrons la pancarte bien en vue.

— Super, dit Sarah.

— Avec juste quelques mots pour qu'elle soit facile à lire, dit Lili.

— Que dira la pancarte? demande Anne.

— Un message qui l'obligera à s'arrêter, suggère Lili. Que dites-vous de : TU AS GAGNÉ UN GROS PRIX!?

— Elle ne croira jamais ça, dit Sarah.

Elles arrivent devant deux grandes clairières divisées par un mur de pierres bas. C'est un de leurs endroits préférés pour galoper et sauter.

— Mettons nos poneys au travail, suggère Lili.

Anne et Lili font galoper et sauter leurs poneys à trois reprises. Sarah, quant à elle, ne saute qu'une fois parce qu'Éclair a été malade.

Pendant qu'elle regarde les autres, Sarah essaie de trouver un message à écrire sur la pancarte. TU AS BLESSÉ MON PONEY! est sa première idée. Mais elle sait que ce n'est pas très bon. Pas plus que JE TE FERAI ARRÊTER SI TU CONTINUES DE NOURRIR MON PONEY. Elle espère que Lili et Anne auront de meilleures idées.

Les amies du Cercle des poneys s'arrêtent pour se reposer et faire boire les poneys dans le ruisseau du Lièvre. Assises sur un rocher, près de l'eau, elles essaient de trouver le message approprié à écrire sur la pancarte.

Lili et Anne sont d'accord que les idées de Sarah reflètent trop sa colère.

Anne veut dessiner un poney mort entouré de pommes. Sarah et Lili pensent que la fille n'arrivera pas à bien voir parce qu'elle pédale trop vite.

Mais Lili a une autre idée que les deux autres trouvent parfaite.

— Je peux faire la pancarte ce soir, dit Anne. J'ai tout le matériel nécessaire.

— J'écrirai le message pour toi, offre Lili. Pour que tu ne fasses pas de fautes d'orthographe.

Le lendemain matin, Sarah s'éveille au son d'un vrai réveille-matin plutôt que l'habituel aboiement de Karl. Elle se lève une heure plus tôt que d'habitude. À cinq heures trente, elle est dans l'enclos et surveille le Chemin du Tamis, au cas où la fille viendrait nourrir Éclair. Mais la fille ne vient pas.

Ensuite, Sarah nourrit Éclair et fait sa corvée habituelle. À six heures quinze, elle galope sur le Chemin du Cavalier dans la brume matinale.

Sarah et Éclair avancent au petit trot sur le sentier de terre entre les grands arbres. Sarah songe à ce que devait être la vie du temps de la Beauté noire. Il n'y avait ni camions, ni tracteurs, ni automobiles. Les chevaux, pas les machines, labouraient les champs. «J'aurais aimé vivre à cette époque-là, pense Sarah. Je parie que les gens ne perdaient pas leur temps à être en compétition dans des concours hippiques idiots pour gagner des rubans stupides. Les chevaux servaient à des tâches importantes.»

À six heures trente, Sarah arrive à l'enclos des David. Anne et Lili l'attendent. Elles aident Sarah à desseller Éclair et le conduisent dans l'enclos avec Gaillard et Blanche Neige. Puis, les trois amies se rendent sur la rue Principale jusqu'à la Place de l'Hôtel de ville, la pancarte dans les mains.

— Et si elle nous voit et décide de partir de l'autre côté? demande Lili.

— Et si elle nous dépasse en filant comme une flèche? ajoute Anne. On ne pourra jamais la rattraper.

— Il vaut mieux sourire et avoir l'air amical, suggère Lili. Elle pensera que nous sommes gentilles.

— Je ne peux pas sourire, dit Sarah. Je suis trop en colère contre elle.

— Fais-le pour Éclair, suggère Anne.

— D'accord, dit Sarah.

Au même moment, elles aperçoivent la fille qui pédale à vive allure sur son vélo de course.

Les trois amies arborent leur plus beau sourire et lèvent la pancarte.

STOP — DEVONS TE PARLER — TRÈS IMPORTANT

La fille à vélo se concentre tellement sur sa vitesse qu'elle ne voit ni les trois amies ni la pancarte.

— Hé! Regarde! crie Sarah.

La fille tourne la tête dans leur direction et arrête son vélo en faisant crisser les pneus. Sarah remarque qu'elle consulte son chronomètre. Les trois amies courent la rejoindre. La fille est à bout de souffle lorsqu'elle s'adresse à elles.

— Je faisais mon meilleur temps à ce jour, dit-elle. J'espère que c'est important.

— C'est important, dit Sarah.

— C'est toi qui m'a effrayée hier, dit la fille à Sarah.

Elle voit la pancarte par terre et la lit.

— Qu'est-ce que tout ça veut dire? demande-t-elle. Est-ce une de vos farces plates?

— Ce n'est pas une farce, dit Sarah avec colère. Tu as presque tué mon poney.

— Ne sois pas ridicule, dit la fille.

— C'est vrai, dit Anne. Tu as donné des pommes à Éclair.

— Les chevaux adorent les pommes, dit la fille. Tu ne crois pas que tu exagères?

— C'était trop de nourriture en plus de ce qu'il mange normalement, dit Lili. Éclair a été très malade.

— Et il en est presque mort, ajoute Sarah.

La fille les regarde comme si elles avaient perdu la tête.

— Pourquoi devrais-je vous croire? demande-t-elle. Vous ressemblez à des bébés qui s'ennuient et n'ont rien à faire durant leurs vacances. Et vous avez gâché ma séance d'entraînement.

Sarah sent les larmes lui monter aux yeux, mais elle est déterminée à ne pas pleurer. Si elle pleure, la fille va réellement penser qu'elles sont des bébés et elle ne les croira jamais. Elle pourrait même continuer de nourrir les chevaux. Peut-être même Éclair.

— Écoute, nous n'allons pas te faire des histoires ou rien de ce genre, dit Sarah. Mais il faut que tu comprennes. Si les chevaux mangent trop, ils deviennent très très malades. Ils ne peuvent pas vomir.

— Ils ne peuvent pas vomir? ricane la fille. Maintenant, j'ai la preuve que vous plaisantez. Je m'en vais. Et ne me dérangez plus jamais, ajoute-t-elle, en reprenant son vélo.

Le cadeau

Les trois amies du Cercle des poneys savent qu'elles ne peuvent laisser partir la fille. Anne saisit la roue avant du vélo et Lili empoigne la roue arrière.

— Lâchez mon vélo, dit la fille.

Anne et Lili tiennent bon.

— Tout de suite! crie la fille. Vous allez défaire l'alignement.

Anne et Lili ne lâchent pas prise.

— Ah, les enfants, quels casse-pieds! s'exclame la fille.

— Nous allons lâcher le vélo si tu promets de ne pas t'enfuir, dit Anne.

— D'accord, je promets.

Sarah montre un banc du doigt.

— Allons nous asseoir, dit-elle.

— Une minute, pas plus, dit la fille.

Sarah et la fille s'assoient sur le banc. Anne et Lili s'appuient contre la clôture.

— Tu connais parfaitement les vélos, n'est-ce pas? demande Sarah.

— Quelle question! répond la fille. Je suis championne provinciale en épreuve de fond. La semaine prochaine, j'ai une course importante et vous venez de gâcher ma séance d'entraînement — sans oublier l'alignement de mes pneus.

— Tu connais parfaitement les vélos, répète Sarah. Eh bien, nous, nous connaissons parfaitement les poneys.

— Le père de Sarah est vétérinaire, précise Lili.

— Et nous savons que si les chevaux mangent trop, ils peuvent devenir très malades, continue Sarah.

— Parce qu'ils ne peuvent pas vomir? demande la fille, en riant.

— Ça peut te paraître drôle que les chevaux ne puissent pas vomir, dit Anne, de sa voix la plus sérieuse. Mais, pour les chevaux, ce n'est pas drôle du tout.

La fille regarde les trois amies. D'un coup, elle retrouve son air sérieux.

— Vous dites la vérité, alors? dit-elle. Au sujet des poneys qui ne vomissent pas et deviennent malades.

Elles acquiescent toutes les trois d'un air solennel.

La fille ôte son casque. Elle a la chevelure la plus rousse que Sarah ait jamais vue.

— À propos, dit la fille, mon nom est Diane Laurin.

Les trois filles se présentent à leur tour.

Diane n'est plus fâchée parce qu'elles ont interrompu sa course.

— Ai-je réellement rendu ce beau poney malade? dit-elle, d'un air inquiet.

Les trois filles acquiescent de nouveau.

— Combien de fois l'as-tu nourri? demande Sarah.

— Deux fois avant celle où tu m'as arrêtée, répond Diane. Ton poney est si beau que j'ai commencé à lui apporter des pommes. C'est pour ça qu'il venait à moi et restait quelque temps. Je l'ai vraiment rendu malade?

— Ce n'est pas de ta faute, dit Anne. Ce n'est pas comme la vilaine reine dans Blanche Neige. Tu n'étais pas au courant. Et les pommes n'étaient pas empoisonnées. Nous avons vérifié.

— Jamais je ne ferais de mal à un animal volontairement, dit Diane. Même à un chien qui jappe quand je passe à vélo. Je ne lui donne jamais de coups de pied, comme certains le font.

Sarah se rend compte que Diane est réellement peinée.

— Ton poney était-il très malade? demande-t-elle.

— Très, dit Sarah. Si cela se produisait encore, Éclair pourrait mourir.

Diane reste silencieuse durant quelques

— Comment se sent-il maintenant? demande-t-elle.

— Mon père dit qu'il ira bien en autant qu'il ne recommence pas à trop manger. Pour les prochains jours, je dois éviter de trop le monter.

— Il ne va pas mieux à cent pour cent, alors, dit Diane.

— Promets-moi que tu ne le nourriras plus jamais, dit Sarah.

— Bien sûr, répond Diane. Je suis inquiète qu'il ne soit pas complètement remis.

L'horloge de l'Hôtel de ville sonne la demi-heure.

— Il est sept heures trente, dit Diane, en se levant et en remettant son casque. Il faut que je me rende au gymnase. Mon entraîneur m'attend. Il va penser que j'ai eu un accident ou quelque chose du genre.

Elle remonte sur son vélo.

— Ne t'en fais pas, dit-elle à Sarah. Je ne le nourrirai plus.

Elle s'éloigne et disparaît sur la rue Principale.

Dès qu'elle est hors de vue, les trois amies se relèvent et se frappent dans les mains en signe de victoire.

— Super! crient-elles en choeur.

Ensuite, elles se rendent au restaurant Berger pour fêter leur réussite.

Les trois amies du Cercle des poneys sont contentes de voir que leur banquette préférée est inoccupée, tout au fond du restaurant.

— Maman dit que le petit déjeuner est gratuit, dit Anne, parce qu'on est en vacances. Mais il faut qu'on prenne nous-mêmes notre commande.

Sarah prend un bloc-notes et un crayon sur le comptoir et écrit les commandes.

Anne veut des crêpes aux bleuets. Lili veut des céréales avec une banane et des fraises. Sarah veut des oeufs brouillés avec du jambon et des frites.

Tout en mangeant, elles se félicitent de nouveau d'avoir réussi à arrêter Diane Laurin pour lui parler. Leur verdict unanime est qu'elle est innocente de tout crime contre Éclair.

— Elle est réellement désolée de ce qu'elle a fait, dit Sarah. J'en suis certaine.

Anne fait un geste en direction de la porte du restaurant.

— Regardez. Mademoiselle Morris vient d'entrer.

Quand mademoiselle Morris aperçoit les trois amies, elle se dirige tout de suite vers leur banquette. Elles aiment beaucoup mademoiselle Morris, surtout Anne. Et mademoiselle Morris adore les chevaux autant qu'elles. Elle a encore le poney shetlandais de sa jeunesse. Les trois amies ne rendent pas visite à mademoiselle Morris quand elles se promènent sur les sentiers de son domaine. Elles savent qu'elle aime être seule pour peindre. Cependant, il arrive parfois que mademoiselle Morris quitte sa grande maison et son domaine pour venir manger au restaurant. Comme tout le monde des environs, elle adore la cuisine du restaurant Berger.

— Eh bien! dit mademoiselle Morris, je suis très contente de vous voir ici toutes les trois.

Elle leur tend trois paquets enveloppés dans

du papier brun joliment décoré.

— Anne, je pensais demander à ta mère de te remettre ces paquets. Mais puisque tu es ici, je peux le faire moi-même.

Elle remet un cadeau à chacune des filles.

— Ouvre le tien en premier, Anne, dit Lili.

Anne ouvre son cadeau avec délicatesse pour ne pas déchirer le papier peint à la main. Elle en sort un gilet en satin bleu pervenche.

— Oh-hh, c'est magnifique, s'exclame Anne.

— Je l'ai fait exprès plus grand, dit mademoiselle Morris, pour que tu puisses le porter par-dessus une jaquette. C'est pour le concours hippique.

Lili ouvre son paquet. C'est aussi un gilet.

— Qu'il est beau! dit-elle, en essayant le gilet. Merci beaucoup.

Sarah développe son cadeau, mais elle ne déplie pas le gilet.

Madame David et le serveur, Éric, s'approchent de la banquette. Tout le monde dans le restaurant s'étire le cou pour voir les gilets.

— Maman, tu lui as dit notre couleur, n'est-ce pas? dit Anne.

Madame David sourit et acquiesce.

— Et je me suis rappelé ce tissu, leur dit mademoiselle Morris. Je l'ai depuis plusieurs années. Je suppose qu'il attendait l'occasion de se transformer en gilets pour nos amies.

— Ils sont formidables, dit Lili. Merci.

Anne se lève et embrasse mademoiselle Morris.

— Merci, dit-elle. Merci beaucoup.

— Venez-vous au concours? demande Lili.

— Bien sûr, répond mademoiselle Morris. Calypso et moi, nous allons promener les petits enfants en charrette. Mon vieux poney adore les concours hippiques et moi de même. J'ai surtout hâte de vous y voir toutes les trois.

— Merci pour le gilet, il est très beau, dit Sarah. Mais je ne participerai pas au concours hippique.

La varicelle

La veille du concours hippique, le Cercle des poneys se retrouve à l'enclos des David.

— Où allons-nous en randonnée aujourd'hui? demande Sarah.

— Allons jusqu'à la ferme Oscar, suggère Anne. Je veux savoir combien de temps il faut pour s'y rendre à partir de chez moi.

— Bonne idée, dit Lili. Blanche Neige pourra voir les lieux. Ainsi, la ferme ne lui semblera pas inconnue demain.

Sarah est d'accord avec la suggestion.

— J'aime bien le sentier qui mène à la ferme Oscar, dit-elle.

— As-tu dit à tes parents comment nous avions résolu le mystère de l'inconnue aux pommes? demande Anne à Sarah.

— Oui. Ils pensent qu'on ferait toutes les trois de bonnes détectives.

Les trois amies descendent la rue Principale, puis tournent à droite sur le Chemin Berger. Tout à coup, Blanche Neige rejette la tête par-derrière.

— Holà! dit Lili.

Lili calme son poney tandis que Sarah et Anne tentent de trouver la cause de la frayeur de Blanche Neige.

Elles aperçoivent Diane Laurin qui arrive en vélo derrière elles.

— Salut, dit Diane, en arrivant à leur hauteur.

Elles lui retournent son salut.

— Ne t'approche pas trop des poneys, dit Sarah. Cela peut les effrayer.

— Désolée, dit Diane, en descendant de son vélo. Comment va Éclair? Il a l'air bien.

— Il va bien maintenant, dit Sarah.

— J'étais vraiment très inquiète à son sujet, dit Diane. J'étais incapable de penser à quoi que ce soit d'autre.

Elles passent devant le restaurant Berger et arrivent à l'embranchement qui mène à la ferme Oscar. Quand les amies font halte, Diane s'arrête aussi.

— Où allez-vous comme ça? demande-t-elle.

— À la ferme Oscar, répond Anne.

— Demain, nous allons participer au concours hippique qui s'y déroulera, explique Lili.

— Super, dit Diane. Quant à moi, je vais participer à une grande course de vélos la fin de semaine prochaine. À Montréal.

Sarah ressent une tension dans les rênes qui lui fait croire qu'Éclair aimerait s'approcher de Diane. «Il veut voir si elle a des pommes», pense Sarah. Elle retient son poney.

— Je n'ai jamais vu personne conduire un vélo aussi vite que toi, dit Anne.

Diane ne porte pas attention à ce qu'Anne lui dit. Elle regarde Éclair.

— Puis-je lui flatter le cou? demande-t-elle à Sarah.

— Bien sûr. Ça ne lui fera pas de mal.

Diane s'approche et caresse le cou brun roux d'Éclair.

— J'assisterai au concours hippique, dit Diane, pour m'assurer qu'Éclair va bien.

— Ne dois-tu pas t'entraîner pour la prochaine course? demande Sarah.

— Je peux me libérer quelques heures, dit Diane, en grattant le coeur blanc renversé qui orne le front d'Éclair. De toute façon, je ne pense pas que je vais gagner la course à Montréal. Je n'ai pas eu de très bons résultats cette semaine.

— Éclair ne participera pas au concours hippique, dit Sarah.

Diane regarde Sarah d'un air inquiet.

— Je pensais qu'il allait beaucoup mieux.

— Nous n'aimons pas être en compétition dans les concours, c'est tout.

Un scooter rouge descend la rue Principale à fond de train.

—Euh-euh! fait Diane. C'est mon entraîneur. Je suis sur la mauvaise route et je n'aurais pas dû m'arrêter. Maintenant, je dois essayer de le rattraper.

Elle remonte sur son vélo et démarre en trombe.

— Elle ne croit toujours pas à la guérison d'Éclair, dit Anne.

— Je sais, dit Sarah.

Aujourd'hui, la ferme Oscar est grouillante de monde. On installe les sauts et on les décore de fleurs en pots. Des pompiers volontaires descendent un gros barbecue de l'arrière d'une camionnette. La mère de Sarah et monsieur Oscar Talbot donnent des indications pour l'installation des tribunes des juges. Une femme est en train d'installer un système de haut-parleurs à l'intention du maître de piste.

— J'ai hâte à demain, dit Anne. Je pense que Gaillard va faire bonne figure.

—Vous avez très bien réussi à l'entraînement, lui dit Lili.

— Toi et Blanche Neige aussi, dit Anne.

Sarah se sent triste. Elle se rappelle que l'unique concours hippique auquel elle a participé se tenait ici, à la ferme Oscar. Elle veut s'en aller au plus vite.

— Partons, dit-elle à ses amies.

— D'accord, dit Lili.

— Nous pouvons retourner chez moi, dit Anne, et finir nos décorations pour demain. Veux-tu nous aider, Sarah?

— Bien sûr. Pourquoi pas?

Même si c'est à son tour de prendre la tête sur le sentier, Sarah se sent déprimée et prend la queue de la file. Elle dit à Lili de prendre sa place.

Plus tard, dans la chambre d'Anne, les filles enroulent un ruban bleu et argent autour des cravaches d'Anne et de Lili. Elles fixent ensuite des étoiles bleu pervenche sur les couvertures de selle et sur les bandes de leurs casques.

— Sarah, ce serait tellement plus amusant si tu participais au concours, toi aussi, dit Lili.

— Je t'ai dit que je détestais les concours hippiques. Je les ai toujours détestés depuis que je suis toute petite.

— Elle n'a participé qu'à un seul concours, dit Anne à Lili. Le concours hippique Varicelle.

— Le concours hippique Varicelle? dit Lili. Qu'est-ce que c'est?

— De quoi parles-tu, Anne? demande Sarah.

— Tu ne te souviens pas? dit Anne. Tu as eu la varicelle durant le concours hippique. Tu as été la première à l'attraper. Ensuite, à peu près tous les élèves de la classe d'équitation, moi comprise, avons eu la varicelle.

Les trois amies sont silencieuses pendant quelques secondes. Elles se rappellent, chacune pour soi, à quoi ça ressemble d'avoir la varicelle.

— C'est ça, alors, dit Lili.

— Quoi? demande Sarah.

— La raison pour laquelle tu n'aimes pas

participer aux concours hippiques.

— À cause de la varicelle? dit Sarah. Ce n'est pas ça. Vous ne comprenez pas. Personne ne comprend. Je m'en vais à la maison.

Ne t'arrête pas!

— **S**arah, ne pars pas, s'il te plaît, dit Lili.

Sarah se rassoit sur le bord du lit d'Anne.

— Quand j'ai eu la varicelle, je me sentais misérable, lui dit Lili. C'était quand papa et moi venions de déménager en Angleterre. Je n'arrêtais pas de lui dire que j'étais malheureuse et que je détestais l'Angleterre. Il s'est avéré que j'ai adoré l'Angleterre. C'était plutôt la varicelle que je détestais.

— Je ne pouvais même pas m'asseoir sur un cheval quand je l'ai eue, dit Anne. Sarah, toi tu as eu tous ces boutons pendant le concours hippique.

— Ne comprends-tu pas? ajoute Lili. La varicelle t'a gâché le concours.

En écoutant parler ses amies, Sarah se rappelle plus clairement ce qui s'est passé. Et pas seulement parce qu'elle n'avait pas gagné de rubans. Elle se souvient aussi de la varicelle. Après le concours, lorsqu'elle avait enlevé sa blouse, elle avait remarqué que son ventre était couvert de boutons rouges qui la démangeaient. Elle avait aussi la fièvre et se sentait très nerveuse. Exactement comme elle s'était sentie durant le concours.

— Comment peux-tu savoir ce qu'on éprouve quand on participe à un concours hippique si tu as eu la varicelle durant le seul concours auquel tu aies jamais pris part? demande Lili.

— Je n'y ai jamais réfléchi sous cet angle, répond Sarah.

— Tu détestais la varicelle, disent en choeur Lili et Anne.

— Comment veux-tu être en compétition lorsque tu es malade? dit Lili.

— S'il te plaît, dis-nous que tu vas faire partie du concours demain, supplie Anne.

— Ta mère dit qu'Éclair et toi feriez bonne figure dans une compétition, dit Lili.

— Elle est ton professeur, ajoute Anne. Elle doit bien le savoir.

— Peu m'importe ce que pense ma mère, dit Sarah, d'un ton brusque. Ça me rend malade que tout le monde me harcèle à propos du concours hippique et de mon lien de parenté avec le professeur.

Anne met son bras autour de l'épaule de Sarah.

— Je pense uniquement que tu devrais t'essayer encore une fois, dit-elle.

— Tu pourrais t'inscrire dans la catégorie Plaisance, suggère Lili. Il s'agit de faire les mêmes choses qu'on fait en randonnée.

— Comme ouvrir et fermer les barrières, ajoute Anne. Et sauter par-dessus les rondins.

— Tu n'as qu'à prétendre que tu es en randonnée et tu ne seras pas nerveuse, dit Lili.

— D'accord, finit par dire Sarah. Je vais participer.

Anne et Lili se tapent de joie dans les mains. Mais Sarah les arrête.

— Attendez une minute, dit-elle. D'accord…je participerai au concours si vous m'aidez d'abord à faire quelque chose.

Quand Anne et Lili découvrent de quoi il s'agit, elles acceptent avec joie. Puis, les trois amies se tapent de joie dans les mains et crient «Super!».

Le lendemain matin, Sarah se réveille encore avant que son réveille-matin se mette à japper. Il fait encore noir quand elle s'habille et mange un bol de céréales. Mais quand elle a fini de nourrir Éclair et de le seller, le soleil se lève à l'horizon.

— Aujourd'hui, nous allons participer à un concours hippique, dit-elle à son poney. J'étais malade lors de mon premier concours. Mais, aujourd'hui, je suis en santé. Et toi aussi.

Éclair donne un coup de museau sur l'épaule de Sarah.

Lili et Anne attendent Sarah à l'autre bout du Sentier du Cavalier. Anne a trois pancartes dans les mains. Chacune est fixée à un bâton. Sarah desselle Éclair et le fait entrer dans l'enclos avec Blanche Neige et Gaillard. Puis, Anne distribue les pancartes.

— Bon, dit Sarah. Allons-y.

Les trois filles se rendent sur la rue Principale et attendent. Et attendent encore.

— Et si elle ne passait pas par ici aujourd'hui? demande Lili.

— Elle viendra, dit Sarah. Elle pédale peut-être moins vite aujourd'hui.

Une minute plus tard, les trois amies aperçoivent Diane Laurin qui monte la rue Principale.

— Elle ne gravit pas la pente très vite, dit Anne.

— Elle se sent peut-être malheureuse d'avoir rendu mon poney malade et s'inquiète d'apprendre qu'il n'est pas complètement guéri, dit Sarah.

Elle pense à la solitude que Diane doit

éprouver à pédaler seule durant des heures d'affilée. Et elle pense à la chance qu'elle a d'avoir des amies pour l'accompagner lors de ses randonnées en poney.

Quand Diane atteint le haut de la pente, elle lève la tête et aperçoit les trois amies, qui tiennent leurs pancartes bien en vue.

La pancarte d'Anne dit:

NE T'ARRÊTE PAS!

La pancarte de Lili dit:

Ne lâche pas!

Et la pancarte de Sarah dit:

ÉCLAIR AU CONCOURS HIPPIQUE!

En passant lentement devant les filles, Diane lit les pancartes. Son visage s'illumine d'un grand sourire.

— Allez, Diane! crie Anne. Tu peux y arriver.

Diane regarde la route devant elle.

— Tu es une gagnante, Diane! crie Lili. Fonce.

Diane se met à pédaler avec plus d'ardeur.

— Fais-le pour Éclair! crie Sarah.

Diane ne se retourne même pas. Elle se concentre entièrement sur son vélo. Elle disparaît hors de leur vue.

La parade

Les trois amies retournent à l'enclos des David pour donner un dernier coup de brosse à leurs poneys en prévision du concours. La grand-mère de Lili, qui est coiffeuse, traverse l'enclos dans leur direction.

— C'est une journée spéciale, leur dit-elle. J'ai pensé que vous pourriez avoir besoin de mes services professionnels.

Les filles sont surprises parce qu'elles savent que madame Sauvé n'aime pas beaucoup les chevaux. Mais elle leur apprend avec joie l'art de tresser le fil bleu pervenche dans la crinière des poneys.

Après son départ, les filles enduisent d'huile

les sabots des poneys. Et Sarah lave le coeur renversé d'Éclair pour le faire briller. Elle se rappelle la première fois qu'elle a vu cette tache blanche et combien elle aime son poney.

— J'ai hâte de montrer à tout le monde à quel point Éclair est un poney merveilleux, dit-elle à ses amies.

Les trois amies montent leurs poneys pour se rendre à la ferme Oscar.

— Regarde, dit Anne, le ciel est de la même teinte de bleu que nos gilets et nos décorations.

Sarah regarde le ciel bleu pervenche et sourit. Les trois amies du Cercle des poneys vont prendre part au concours hippique et elle se sent merveilleusement bien.

— Vous savez, dit-elle à ses amies, je ne me sens pas du tout comme la première fois. Cette fois-ci, c'est amusant.

Anne et Lili se regardent en souriant, mais elles s'abstiennent de dire «Nous te l'avions bien dit.»

La ferme Oscar grouille de monde et de chevaux. Partout où elle regarde, Sarah voit des chevaux. Ceux qu'on sort des remorques, ceux qu'on entraîne dans le champ, ceux qu'on promène en laisse. Les trois amies descendent de leurs poneys et les guident vers la table d'inscription.

Une fois qu'elles sont enregistrées, elles prennent connaissance des différentes catégories listées dans le programme.

— Ma catégorie, le Chasseur poney, se déroulera sur la piste deux, dit Lili. Celle d'Anne, le Bout de chou, se tiendra sur la piste un.

Sarah lit que sa catégorie, la Plaisance, aura lieu elle aussi sur la piste un.

— Il semble que nous allons devoir courir d'une piste à l'autre si nous voulons nous voir à l'oeuvre, dit-elle.

— Dans certains cas, nous allons même être en compétition en même temps, ajoute Lili.

— Il ne reste plus que dix minutes avant la première catégorie, annonce monsieur Talbot.

Sarah se sent un peu nerveuse. Mais sa nervosité n'est pas de celle qui la rende malheureuse. C'est plutôt une sorte d'excitation.

Tout d'abord, elle regarde Anne et Gaillard qui gagne une deuxième place dans la catégorie Bout de chou avec sauts. Puis, c'est au tour de Lili dans la catégorie Chasseur poney avec sauts, sur la piste deux. Lili et Blanche Neige remporte un ruban bleu pour une première place.

— Mimi sera tellement contente, dit Lili à Sarah.

Puis, c'est au tour de la catégorie Plaisance.

— C'est la même chose que pour une randonnée, dit Sarah à Éclair. Tout va bien se passer, tu verras.

Et tout se passe bien.

Madame Chevrier s'avance vers Sarah quand celle-ci sort de la piste, un ruban rouge accroché à la bride d'Éclair. Sarah s'attend à ce que sa mère lui dise combien elle est fière d'elle et qu'elle a toujours su qu'elle ferait bonne figure dans les compétitions. Mais elle se trompe.

— Tu sais, Sarah, je suis très contente que tu participes au concours hippique, lui dit-elle plutôt. Pas parce que je m'attends à ce que tu gagnes des rubans. Mais parce que je crois que les concours hippiques sont amusants. As-tu du plaisir?

— Oui, admet Sarah, en se penchant et en caressant le cou d'Éclair. Et Éclair aussi.

Madame Chevrier gratte la tête d'Éclair.

— Félicitations à vous deux, dit-elle.

— Merci, maman, dit Sarah.

Sarah est contente que sa mère comprenne. Sa mère la quitte pour aller rejoindre ses élèves sur la piste deux.

En descendant de poney, Sarah aperçoit Diane Laurin qui s'approche d'elle.

— Je ne savais même pas que tu étais ici, dit Sarah à Diane.

— Je suis arrivée juste à temps pour te voir, lui dit Diane. Éclair est tellement beau avec toutes ses décorations bleues. Et bravo pour le saut du mur de pierres! C'était fantastique.

— Crois-tu maintenant qu'Éclair est en

grande forme? demande Sarah.

— Oui, dit-elle, en souriant. Je me sentais tellement malheureuse avant.

— Je sais, dit Sarah. Comment s'est passé ton entraînement ce matin?

— Mieux, répond-elle. J'ai pris un peu de vitesse après que vous m'ayez encouragée.

Elle jette un regard circulaire aux nombreuses activités du concours.

— Ça me rappelle à quel point les courses de vélos sont amusantes, dit-elle. J'ai l'occasion d'être avec d'autres coureurs. Nous avons beaucoup de plaisir, nous aussi.

— La catégorie Chasseur poney sur le plat sur la piste deux, annonce-t-on.

— Veux-tu voir sauter Lili et Blanche Neige? demande Sarah.

Diane caresse le cou d'Éclair.

— Je ne peux pas, dit-elle. Je dois chronométrer un autre cinquante kilomètres cet après-midi.

— Oh, c'est dommage, dit Sarah.

— Non, dit Diane. J'ai une course à gagner

la semaine prochaine et je veux être prête. Vous m'avez inspirée toutes les trois. Bonne chance pour la suite du concours.

— Merci, dit Sarah. Salut.

Sarah guide Éclair jusqu'à la piste deux pour voir Lili dans la prochaine catégorie.

L'après-midi est tout aussi amusant que la matinée l'a été. Sarah se rappelle que les jumeaux, Paul et Pauline, désirent faire une promenade en charrette avec mademoiselle Morris et Calypso.

— Je suis tellement contente que tu aies décidé de participer au concours, dit mademoiselle Morris à Sarah.

— Moi aussi. Merci encore pour le gilet.

— Je ne vous ai pas vu toutes les trois ensemble une seule fois aujourd'hui, dit mademoiselle Morris. Mais je m'attends bien à vous voir monter côte à côte avant la tombée de la nuit.

— Quand? demande Sarah.

— Tu verras, répond mademoiselle Morris, en faisant un clin d'oeil.

Monsieur Talbot procède à la remise des derniers rubans et des coupes pour le championnat.

— Les chevaux et les poneys sont si magnifiquement décorés, annonce-t-il ensuite, que nous avons décidé d'organiser une parade.

Toute la foule applaudit.

— Vous avez dix minutes pour vous aligner derrière la charrette, sur la piste un, continue monsieur Talbot. Un tour de piste, puis on se dirige vers la piste deux.

Sarah remarque que les jumeaux, Paul et Pauline, montent avec mademoiselle Morris dans la charrette de tête. Ils sautent de joie.

— Et, derrière la charrette, poursuit monsieur Talbot, j'aimerais voir Sarah Chevrier, Anne David et Lili Sauvé.

Sarah redresse les rubans qui décorent la bride d'Éclair. Puis, elle remonte sur son poney et se place à côté d'Anne et de Lili. Les autres participants et leurs chevaux s'alignent derrière elles.

Sarah pense à ce qu'elle aurait éprouvé si elle n'avait pas participé au concours hippique.

«Nous nous serions privés de tout ce plaisir, Éclair et moi, pense-t-elle. Et il n'y aurait eu que deux cavalières pour afficher le bleu pervenche du Cercle des poneys.»

— Parfait, allons-y, annonce monsieur Talbot.

Tout à coup, de la musique de parade emplit l'air. Éclair, Blanche Neige et Gaillard ont la tête haute. Sarah est fière que les poneys marchent au pas de parade autour de la piste.

À la fin de la parade, juste avant que les trois amies descendent de poney, une femme s'approche d'elles avec un appareil-photo.

— Je suis journaliste pour *le Courrier du comté*, dit-elle. J'aimerais bien prendre une photo.

Les trois filles se tiennent fièrement sur leurs selles et sourient. La journaliste prend quelques photographies. Elle sort ensuite son bloc-notes et son stylo.

— Il me faut vos noms pour la légende sous la photo, dit-elle.

Sarah, Anne et Lili répondent en choeur.

— Nous sommes les trois amies du Cercle des poneys.

Cher lecteur,
Chère lectrice,

J'ai beaucoup de plaisir à faire de la recherche et à écrire des livres pour la collection *Le cercle des poneys*. J'ai rencontré beaucoup d'enfants et d'adultes très intéressants qui adorent les poneys. Et j'ai rendu visite à quelques poneys merveilleux dans des fermes et des écoles d'équitation.

Avant d'entreprendre la collection *Le cercle des poneys*, j'ai écrit quatorze romans pour enfants et jeunes adultes. Quatre d'entre eux ont reçu un prix de la *Children's Choice Awards*.

Je vis à Sharon, au Connecticut, avec mon mari, Lee, et notre chien, Willie. Notre fille est maintenant adulte et vit dans un appartement à New York.

En plus d'écrire des romans, j'aime dessiner, peindre, faire du jardinage et nager. Durant mon enfance, je n'avais pas de poney, mais je les ai toujours aimés et j'ai toujours rêvé de les monter. Je prends maintenant des leçons d'équitation sur un cheval du nom de Saz.

J'aime lire et écrire sur les poneys autant que j'aime les monter. Ce qui me fait dire qu'il n'est pas nécessaire de monter à dos de poney pour les aimer. Et ce n'est certainement pas nécessaire d'avoir un poney pour faire partie du *Cercle des poneys*.

Jeanne Betancourt

Bonne lecture!

Sommaire